KB143455

가위바위보를 좋아하는

스물두 살 태훈이

가위바위보를 좋아하는

스물두 살 태훈이

그림과 글 박상미

꿈꾸는인생

내 인생의 동반자

"엄마! 오래간만에 러브레터 치즈바이트 피자 시켜 주세요?"

이런 바이트 피자는 처음이지만, '오래간만에'란 말에 기특해서 웃음이 나온다. 러브레터 치즈바이트는 구할 수 없으니 아들과 뽕드락의 리치바이트 피자로 타협을 봤다.

아들은 내가 바이트 부분을 먹고 있으면 눈치를 보며 불안해한다. 내 입으로 들어가는 피자에 시선을 고정시키곤 불만스런 표정을 숨기지 못한다. 자기가 좋아하는 음식이 엄마 입에 들어가는 것이 아직은 아까운, 내 아들은 발달지체 장애아이다.

아들은 같은 말과 질문을 반복하며 혼잣말을 계속하고, 성대모사를 즐기며, 가위바위보와 버스 타는 것, 햇츠온 검정색 후드티셔츠, 뭐는 체(아는 체)하는 것을 지나치다 싶을 정도로 좋아한다. 좋아하는 사람들의 생일을 다 외우고, 달력에는 그날그날 입을 옷 색깔을 미리 칠해 놓는다. 그리고 치명적으로 방귀 조절이 안 된다.

아직도 말하는 것이 더디지만, 나는 그 특유의 뉘앙스와 표현들이 예뻐서 한마디라도 놓칠세라 적어 두었다가 그날의 장면과 함께 일기를 쓰고 있다.

한때는 내게 원수 같은 아들이었다. 그러다가 어느 한때는 어쩔 수 없이 함께 가야만 하는 인연이었고, 지금은 하나밖에 없는 소중한 존재이자 내 인생의 동반자가 되었다.

흐르는 세월 속에서, 쏟아낸 눈물 속에서, 철없던 엄마는 아들로 인해 철들어 가고 있다.

2018년 봄

박상미

part 1 사춘기

2 part 우리 집 돼지

혼자 이 길을 걸어왔다면,
내게 주어진 길이기에 꾸역꾸역 걷기는 했겠지만
무척 외로웠을 것이다.

지난 걸음을 돌아보면 늘 좋은 사람들이 곁에 있었다.

그들은 내 무거운 마음을 귀와 마음으로 들어주고,

기꺼이 나와 함께 길을 걸어 주었다.

그들의 도움이 있었기에 아이를 키울 수 있었고,

지금의 자리에 올 수 있었고,

무엇보다 내가 살 수 있었다.

고맙고 감사하다.

그새
이만큼이나
뒤처졌네.

손을 잡고 가지 않으면
마음을 놓을 수 없던 때가 있었는데…
세월 참 빠르다.

혼자 저만치 걸어가는 아들의 뒷모습에
어쩐지 맘이 시큰거린다.

태훈아,
같이 가자!

part 1

사춘기

자꾸 외모에 신경을 쓰고
긴 머리의 여인들을 쳐다본다.
네게도, 내게도
새롭고 힘들었던 시간.

사춘기

엄마가 혼잣말을 했다며 집을 나간단다. 그리곤 정말 집을 나가 버렸다.

아무래도 맨발로 나간 것 같다.

흰색 반팔티를 추리닝 바지 속에 집어넣은 복장일 텐데…

걱정이 되면서도 대상포진 약을 먹고 누워선지 몸어 잘 일으켜지질 않는다.

맨발에, 이상한 복장을 하고 돌아다닐 아들 생각에 으쌰를 외치고 밖으로 나가 "태훈아"를 외쳤다.

한번 집을 나가면 금방 들어오질 않아서 애를 먹는다.

·

·

·

태훈이는 지금 사춘기다.

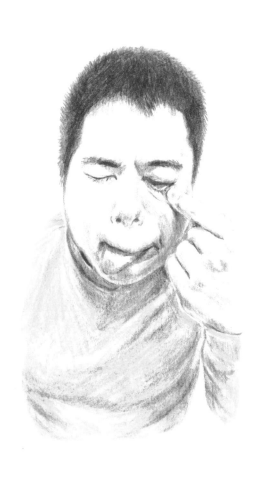

달력 칠하기

교회에서 2016년도 달력을 가져왔다.
날짜에 모양을 그리고 알록달록 색칠을 한다.
그날그날 입을 옷 색깔을 미리 칠해 두고
좋아하는 이들의 생일에 표시해 두는 것.
열심히 계획하고 있다.

수향이 누나

"수향이 끌어안으면 안 돼."
"그러면 부평경찰서 간다.
부평경찰서 가면 콩밥 먹어요."

학교 선생님의 농담 섞인 말을 들은 이후로
'경찰서에 가면 콩밥을 먹는다'고 스스로 말한다.
지금 태훈이 품에 안긴 것은 베개가 아니다.
유수향이 누나를 안고 자는 것이다.

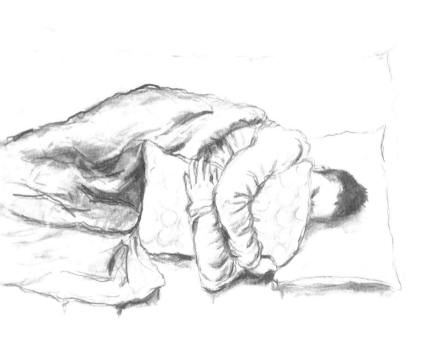

세상의 모든 누나

화장실에 있는데 태훈이가 중얼거리는 소리가 들린다.

또 시작이다.

태훈이는 요즘 세상 모든 누나를 안고 싶다.

"윤지윤 누나를 더 쎄게 안아 달라고 했다아~얏

유수향이를 더 쎄게 안아 달라고 했다아~얏

박상희 누나를 더 쎄게 안고 싶다아~얏."

고만해라아~얏

(사춘기야 빨리 지나가라아~얏!)

속마음은 감추지 못하면서 생활의 꼼수는 는다.

서랍 정도는 가볍게 발가락으로.

지나야 하는 시간

얼굴에 난 여드름을 거울을 보며 내내 짜고 뜯고, 거울로 자꾸 자신의 측면을 보길래 커다란 손거울을 사 줬더니 매일 들여다본다. 좋아하는 옷을 입고 패션쇼를 하기도 하고.

늘 보던 이모의 얼굴을 제대로 쳐다보지 못하더니 긴 머리의 여인들을 보면 힐끔힐끔, 그것도 너무 티 나게 반응을 한다. 태훈이와 비슷한 친구들이 겪은 사춘기에 대해 그동안 들어왔던 터라 미리 걱정이 앞섰다.

하루는 태훈이와 길을 걷고 있는데, 앞에 남자와 여자가 가고 있었다. 태훈이가 아슬아슬하게 그들의 뒤를 쫓아가는 듯 아닌 듯 그들 가까이 붙는 모습이 보여서, 혹시라도 안 좋은 일이 벌어질까봐 미리 차단하고자 태훈이의 이름을 불렀다. 그런 우리를 보더니 앞서 가던 남자가 한마디 한다.

"장애인인가 봐."

정말 듣기 싫은 말이었지만, 차라리 그렇게라도 이해하고 넘어가서 다행이다 싶었다.

태훈이와 사람이 많은 곳에 가는 게 더욱 조심스러워졌다.

집 앞 마트에서 이런 일도 있었다. 마트에 들어오기 전에 미리 이야기를 나눈 터라 태훈이는 태훈이 대로 보고 싶은 것을 보게 놔두고 나는 내 볼일을 보며 태훈이의 행동을 보고 있었다. 짧은 치마에 긴 머리를 양 갈래로 딴 키 큰 아가씨를 태훈이가 티 나게 힐끔거리며 쳐다보는 모습이 보여서 태훈이 곁으로 갔다. 그 아가씨 옆에는 함께 온 남자가 있었다. 남자가 태훈이에게 한 소리 던질 것 같은 느낌에, 미리 태훈이에 대해 설명을 하며 미안하다고 말했다. 그러자 남자는 바로 욕으로 대답을 했다.

큰소리가 오가며 싸우는 것을 싫어하고 불안해하는 태훈이 때문에 그 남자가 어서 지나가기만을 바랐는데, 막상 남자가 자리를 떠나자 다리에 힘이 빠지면서 그 자리에 주저앉고 말았다. 나도 모르게 터져 나온 눈물을 누가 볼까봐 어서 마트에서 벗어나고 싶었지만 다리가 쉽게 말을 듣지 않았다. '그만 울어. 그만 울고 빨리 나가!'라고 속으로 나를 다그칠 뿐이었다.

태훈이로 인해 의도치 않게 여러 사람들을 만나면서 알게 된 것은, 저지른 일이나 어떤 행동들이 장애를 가졌다는 이유로 다 이해되지는 않는다는 것이었다. 그리고 이해해 주고 사랑해 주는 이들이 더 많다는 것 또한 알게 됐다.

콧구멍 막기

콧구멍 막기가 습관이 되어 버렸다.

비염이 있기도 하지만, 그보다는 콧구멍을 막자 사람들로부터 관심이 들어오

기 시작했기 때문이다.

"코피 났었니?"

그렇잖아도 말이 하고 싶은 태훈이에게 콧구멍 막기는 신나는 일이다.

태훈아, 그래도 콧구멍 그만 막아라!

남자들의 품에 안기다

아주 예전에 같은 치료실에 다니는 지인의 소개로 한 병원의 교수님이 하는 검사를 받게 되었다. 태훈이의 행동을 비디오로 찍고, 나는 교수님의 질문에 대답하는 검사였다. 검사 결과, '반응성 애착 장애'라고 했다. 아무에게나 강한 애착을 보이거나 반대로 지속적으로 접촉을 거부할 수도 있는 성향이다.

하루는 큰마음을 먹고 어린 태훈이를 데리고 친정에 간 적이 있다. 전철을 타고 의정부역까지 가야 해서 전철 안에서 꽤 오랜 시간을 보내야 했다. 태훈이와 나는 노약자석에 자리를 잡고 앉았다. 옆자리에 할아버지 한 분이 앉아 계셨는데 태훈이가 할아버지께 안기니 할아버지께서 귀여워하시며 말을 붙이셨다. 그런데 역마다 할아버지가 새로 타시면 그 할아버지께 가서 안기는 것이었다. 새로운 할아버지가 탈 때마다 같은 행동을 보이는 태훈이 때문에 나는 그 자리를 벗어나고 싶었지만, 태훈이는 좀처럼 다른 곳으로 가려고 하지 않았다. 그때만 해도 내 품에 폭 안길 정도의 몸집이었는데도 소리를 질러대니 어쩔 도리가 없었다. 그야말로 막무가내였다. 다시는 전철을 타지 말아야겠다고 다짐을 할 뿐이었다.

당시 태훈이는 성인 남자만 보면 달려가서 안겼고, 덕분에 나는 정신을 바짝 차리고 밖을 다녀야 했다. 그래도 순식간에 일이 벌어지곤 했지만.

나는 눈을 크게 뜨고 앞에 남자가 오고 있으면 아이를 얼른 안아 남자와 얼굴이 마주치지 않게 했다. 젊은 남자들은 자기에게 안겨 오는 태훈이를 어쩔 줄 몰라 하며 멋쩍어 했다.

지금도 태훈이는 남자를 좋아한다.

나란히 누워 각자 핸드폰 보기

나란히 누워 함께 TV 보기

태훈이 안경의 비밀

새 학기가 되면 평소보다 심장이 더 두근거린다. 태훈이가 사고를 치기 때문이다. 그렇다고 학교를 안 보낼 수도 없고, 태훈이를 따라다닐 수도 없는 노릇이었다. 그나마 등하교 시켜 주는 버스가 있고, 버스 안에는 항상 선생님이 계셔서 참 다행이었다. 태훈이가 학교에 있는 시간은 내가 개인적인 볼일을 볼 수 있는 유일한 시간이다. 여러 긴장이 있긴 하지만 태훈이가 학교를 다니는 것은 그 자체만으로도 참 감사한 일임이 분명했다.

등교를 시킬 때는 신호등 하나가 더 생기는 거리도 매우 부담스러운데, 집 앞이던 버스 타는 장소가 갑자기 바뀌는 일이 있었다. 염려완 달리 그런대로 적응하며 사고 안 치고 무사히 넘어가나 싶더니, 통학 보조원 선생님께 전화가 왔다. 태훈이가 차 안에서 어떤 친구의 안경을 휘어 놓았다는 것이었다. 이야기를 들자마자 가장 먼저 물어본 것은, 안경을 쓴 아이가 다치지는 않았나 하는 것이었다. 천만다행으로 아이는 괜찮았다. 그 친구의 부모님께 전화를 걸어 사과를 하고 휜 안경을 보상하는 것으로 일단 마무리가 되었다.

그런데 그것이 시작일 줄 몰랐다. 그 사건은 태훈이가 안경에 '꽂히는' 계기가 되었다. 한 가지 문제가 시작되면 멈추지 않고 이어지는 문제 행동에 나는 늘 작아져 있었다. 약까지 먹이며 치료를 받고 있었지만 문제 행동은 쉽게 고

처지지 않았다. 도대체 왜일까.

며칠 후 담임 선생님께 전화가 왔다.

"선생님, 태훈이가 사고를 쳤나요? 괜찮으니 말씀해 주세요."

선생님은 미안해하시며(도대체 선생님이 미안해할 일이 무언가) 조심스럽게 입을 여셨다. 태훈이가 한 살 위 형의 안경을 또 부러뜨린 것이었다(으이고, 이 눔의 새끼를…).

그 형의 아버지께 연신 죄송하다고 말씀드렸지만 쉽게 화가 풀리지 않으시는 듯해서 통화가 꽤 길어졌다. 충분히 이해할 수 있었다. 사고 친 아이의 엄마로서 내가 할 수 있는 일은 거듭 사과하는 것, 상대의 마음이 풀릴 때까지 속상한 마음을 들어주는 것뿐이었다. 나중엔 미안하셨는지 모든 상황을 이해해 주시며 안경 값은 받지 않겠다고 극구 사양하셨다.

이런 일을 겪을 때면, 가끔씩 나는 내가 감정을 느끼지 못하는 사람이면 얼마나 좋을까 생각했다. 내 아이가 저지른 일 앞에서 부모가 자존심을 챙긴다는 건 말도 안 되는 일이었기에 나는 늘 상대의 마음이 풀릴 때까지 미안함을 전했고, 쉽게 사과를 받아주지 않는 이들의 마음을 충분히 이해하면서도 한편으론 상처를 입었다. 내가 욕먹는 것쯤이야 대수롭지 않다고, 내 자존심은 이미 바닥에 내려놓았다고 생각하면서도 막상 피해학생의 부모와 이야기를 나눌 때면, 나는 아직 멀었다는 것을 느끼곤 했다. '아, 내 자존심이 아직 다 죽지 않았구나.'

또 장애를 가진 아이의 부모로서 피해를 준 입장에 자주 서는 우리가, 이렇

듯 입장이 바뀌었을 때 나타내는 모습을 보고 있자면 스스로에게 묻게 됐다.
'나라면 어떻게 했을까?'

이러한 복잡한 심정 가운데서도 언제나 변함없는 한 가지는, 누구도 다치지 않은 상황에 대한 감사였다.

그 후로 한동안 학교를 잘 다니는가 싶더니, 이젠 하다하다 학교 남자 선생님의 안경을 또 해 먹고 말았다. 죄송하다는 말도 입에서 나오지 않을 만큼 괴로운 나를 선생님은 이해해 주셨고, 태훈이의 행동을 함께 걱정해 주셨다.

결론부터 말하자면, 태훈이는 더 이상 다른 사람의 안경을 부러뜨리지 않는다. 태훈이가 그 행동을 멈추도록 도운 것은 아이러니하게도 '안경'이다.

안경과 관련해 일으키는 이 행동을 어떻게 고쳐야 할까 고민하다가 태훈이에게 알 없는 안경을 씌워 주었다. '그래, 너도 한번 안경을 써 봐라!' 하는 마음이었다. 안경을 씌워 준 이후 안경을 부러뜨리는 일은 줄어들었다. 하지만 단순히 안경 효과라기보다 반복된 교육의 힘도 컸다고 생각한다.

"친구들 안경 부러뜨리면 안 돼. 엄마랑 약속해."

버스에 태울 때마다 나는 태훈이와 약속을 했고, 태훈이가 약속을 어기면 또다시 약속을 하고 기다려 줬다. 그렇게 하루하루가 지나다 보니 어느새 태훈이는 따로 손가락을 걸며 다짐을 받지 않아도 남의 안경에 손을 대지 않게 되었다.

태훈이로 인해 안경 피해를 입은 모든 분들, 정말 죄송했어요.

지금도 안경만 보면 그때 생각이 나요.

시간 차 사과

'안경'을 생각하면, 또 하나 잊히지 않는 사건이 있다.

주일에는 태훈이가 사랑부에서 예배를 드리니 나 혼자 우아하게 예배를 드릴 수 있지만, 주일예배가 아닌 때에는 태훈이와 함께 앉아야 했기 때문에 사람들이 비교적 적은 자리를 찾았다.

그날은 부흥회였다. 태훈이와 3층 맨 뒷자리에 앉았는데 우리 앞에 예쁜 딸 둘과 엄마가 함께 앉아 있었다. 언니로 보이는 여자아이는 안경을 꼈고, 동생을 잘 보살피는 예쁜 아이였다.

그런데 태훈이가 갑자기 안경을 낀 여자아이의 얼굴을 손으로 세게 때리는 것이었다. 나는 빛의 속도로 아이에게로 가서 아이를 달래며, 동시에 아이의 엄마께 사과를 드렸다.

"많이 놀랐지? 괜찮니? 미안해. 어머니, 죄송해요, 죄송해요."

집으로 돌아오는 길에서도, 집에 와서도 예배 중에 갑자기 뺨을 맞은 아이가 너무 걱정이 됐다. 맞은 곳은 괜찮은지, 놀란 마음은 안정이 되었는지….

다음 날 떨리는 마음으로 같은 자리에 갔더니, 전날의 모녀도 같은 자리에 앉아 있었다.

"많이 놀랐을 텐데… 아이가 어젯밤 잠은 잘 잤나요? 맞은 곳은 어떤

가요?"

언제나처럼 나는 무릎 꿇는 심정으로 사과를 했다.

봄 심방 때였다. 내 기도제목 1번은 언제나 태훈이의 문제행동에 관한 것이기에 그날도 목사님께 태훈이 기도를 부탁드리고, 목사님이 태훈이에 대해 물으시기에 부흥회 때의 그 사건을 말씀드렸다. 그런데 이게 웬일인가. 그 아이의 아빠가 지금 내 앞에 계신 목사님이 아니신가!

할 말이라는 게 이것 말고 무엇이 더 있을까.

"목사님, 죄송합니다."

김재벌

태훈이가 하도 사고를 치는 통에 나는 항상 카드는 물론이고 현금을 꼭 가지고 다녔다.

슈퍼 앞에 진열된 음료수는 그냥 따서 마시고,

실수로든 고의로든 물건을 부수는 일도 잦아서

나는 언제라도 보상할 준비가 되어 있어야 했다.

희한한 게 남의 집을 가도 어떻게 꼭 열쇠가 없는 방문만 골라 문을 잠가 버리는지 열쇠 아저씨를 부른 적도 있고, 고모 집에서 컴퓨터로 드라마 〈꽃보다 남자〉를 시청하다가 다투는 장면에서 모니터를 고장 내 버리기도 했다. 어디 그뿐인가. 거실 바닥에 있던 야구공을 창문에 던져…, 이야기를 하자면 끝이 없다.

그래서 한때 나는 태훈이를 이렇게 불렀다.

김재벌.

김재벌이 밤에 선글라스를 끼고 자리에 누워 하는 말

"불 좀 꺼 주세요."

핸드폰 얼굴

요즘 애들은 누워 있기만 하면 얼굴이 잘 안 보인다.

엄마! 핸드폰 허락 맡아도 돼요?

한입만 좀 보여 주세요?

오줌싸개 시절

태훈이는 고등학교 1학년 때까지 밤에는 소변을 가리지 못했다. 소변 량이 적을 때는 괜찮았는데, 어느새 성인용 기저귀로도 감당이 되지 않게 되자 고충이 이만저만이 아니었다. 방학 때는 밤을 새기로 작정을 하고, 자는 아이를 몇 번씩 깨워 소변을 누이고 종이에 체크를 했다.

태훈이가 초등학생 때 일이다. 엘리베이터에서 내려 밖으로 나가고 있었는데, 태훈이가 유모차에 탄 아기에게 다가가 다짜고짜 아기 다리 밑으로 손을 집어넣었다. 아기 엄마는 깜짝 놀라 어쩔 줄 몰라 했다. 얼마나 황당하고 놀랐을까.

나는 기어들어가는 목소리로 변명을 늘어놓았다.

"우리 아이도 기저귀를 차고 있거든요. 그래서 그랬나 봐요. 놀라게 해 드려서 정말 죄송해요."

태훈이의 그 행동은 엄마만, 그러니까 나만 아는 행동이었다.

지난 행동들을 돌이켜 보면, 의사소통이 더디고 인지가 낮다 보니 태훈이는 행동으로 말하는 경우가 많았다.

한번은 마트를 갔는데, 태훈이가 내 손을 잡고 무작정 어딘가로 끌고 갔다. 아이가 내게 보여 주고 싶었던 것은 한 마트 직원의 이름표였다.

김태훈. 그 직원의 이름은 김태훈이었다.

태훈이는 누군가 자기와 같은 이름을 가졌다는 것을 내게 보여 주고 싶었던 것이다. 태훈이는 그렇게 몸을 움직여 말을 전하고 있었다.

다녀왔습니다

버스 타기를 시작했다.

처음엔 노선이 짧은 560번 버스를 함께 타서 종점까지 가 보고, 다음엔 나는 중간에서 내리고 태훈이는 종점까지 갔다가 그 버스를 타고 탔던 자리에서 내리기를 연습했다.

몇 번을 반복하니 곧잘 해 냈다.

다른 버스도 타고 싶었는지 574번 버스를 타고 싶다고 해서, 주일예배를 마치고 태훈이 혼자 574번 버스에 태워 보냈다.

태훈이가 탄 버스를 찍어 두고는 집에서 노심초사 기다리고 있는데 태훈이가 왔다.

스스로도 뿌듯했는지 이마엔 땀이 송글송글, 얼굴엔 미소가 한가득이다.

잘했어, 태훈아!

친구

태훈: 민식아, 사랑해

민식: 사랑해요

태훈이랑 민식이는 오랜 친구다.

둘은 함께 학교를 다녔고,

수업을 마치고도 만나 서로의 집을 가기도 하고,

노래방에 가서 신나게 놀기도 하고,

맛있는 음식을 나눠 먹으며 많이 웃기도 했다.

함께한 추억이 많다.

요즘 민식이는 태훈이와 통화를 할 때면

"잘 가"라는 말만 한다.

그 '잘 가'에는 아주 많은 의미가 담겨 있다.

담양을 함께 다녀왔고

태훈이는 위험한 포즈로 카메라 앞에 섰다.

"태훈아,

 민식이처럼 해야지

 목이 아니라 턱!"

겨울 아침

겨울 아침이면
태훈이가 물어보는 말이 있다.
"엄마! 하늘이 눈 떴어, 안 떴어?"

특수학교로 전학

태훈이가 초등학교에 입학하자 수업이 끝날 시간이 되면 심장이 벌렁거렸다. 태훈이를 데리러 가는 것이 부담이었기 때문이다. 목이 빠져라 기다리던 부모님과 할머니들이 담임 선생님이 데리고 나온 아이들을 만나는 자리에서 태훈이는 한 아이를 향해 소리를 지르며 달려들거나 밀쳐버리곤 했다. 그날 무슨 일이 있었는지 말로 설명할 줄 모르는 태훈이가 행동으로 감정을 표현하는 것이었다. 그러나 어쨌든 태훈이가 누군가를 밀친 것이 결론이니 그때마다 선생님은 태훈이를 꾸짖었고, 나는 늘 사과를 했다.

"죄송해요, 어머니! 죄송합니다."

선생님 눈치 보랴, 그 엄마 눈치 보랴 힘든 나날이었다. 이 답답한 상황이 매일 반복됐다. 이래선 안 되겠다 싶어서 담임 선생님께 태훈이를 먼저 데리러 가겠다고 말씀드렸다. 교실로 태훈이를 데리러 가면 아이들은 태훈이가 그날 저지른 행동을 일러대느라 바빴다.

한번은 태훈이가 자기에게 욕을 했다며 한 아이가 일렀다.

"태훈이는 욕을 할 줄 모르는데 누가 태훈이한테 욕을 가르쳐 줬을까."

순수한 아이들은 "얘가요, 얘가요" 하며 한 친구를 지목했다. 욕이라고는 할 줄 모를 것처럼 순진하게 생긴 친구였다.

"너였구나. 그런데 어떡하지. 태훈이는 이 말이 나쁜 건지도 모르고 친구들한테 계속 사용할 텐데…. 방법이 하나 있어. 욕을 가르쳐 준 친구가 다시 좋은 말을 가르쳐 주는 거야. ○○야, 태훈이에게 이런 말을 해 줘. '태훈아, 너 멋지다. 넌 좋은 친구야!' 이렇게 해야 태훈이가 앞으로 욕을 안 할 거야."

태훈이를 데리러 갈 때마다 이런 상황들은 반복됐고, 아무리 아이들이 하는 말이라고 해도 그 말들은 내게 상처가 되고 있었다.

태훈이 주변은 늘 지저분했고, 태훈이는 무엇이든 입에 넣었다. 오죽하면 양호실 선생님이 회충약을 먹이라고 했을까. 반 친구들의 간식을 먼저 먹어 버리고, 사인펜이나 색연필로 책상에 낙서를 하니 순했던 아이들의 마음도 점점 상해가고 있었다. 나는 늘 걸레를 들고 다니면서 책상을 닦았다.

하루는 태훈이를 데리고 집으로 가는데 건너편에서 한 친구가 태훈이를 보고 외쳤다.

"야! 정신병자야. 야! 정신병자야."

철없는 아이의 말이었지만 순간 할 말을 잃었다. 그때만 해도 장애에 대한 인식이 부족해서 태훈이 옆에만 있어도 옮는 병쯤으로 알았을 것이다. '무슨 일이 생기더라도 열 번을 참자'고 날마다 다짐했기에 상한 마음을 애써 추스르곤 했다.

태훈이가 초등학교 2학년 때인데, 실내화를 빨 때마다 실내화 한쪽 밑창이 없는 것이었다. 실내화 밑창을 어디에 버렸냐고 묻는 내 손을 잡고 태훈이가 데려간 곳은 새로 지은 건물의 지하였다. 어둡고 캄캄했다. 태훈이는 실내화 밑창을 던지러 혼자서 이곳까지 온 것이었다. 말을 할 수 없는 아이가 자기 마음을 푸는 나름의 방식이었다.

통합교육은 장애 학생과 비장애 학생을 함께 교육하는 것이다. 태훈이네 담임 선생님은 통합교육을 받아들여 태훈이의 담임이 되는 걸 수용한 분이었지만, 현실적으로 어려운 부분들이 많았다. 그래서 도움반 선생님께 원반에서 한두 시간만 있고 나머지는 도움반에 있는 것에 대해 물었지만, 이 역시 쉽게 정할 수 있는 것이 아니었다.

이즈음 학교에 있어야 할 태훈이가 치료실에 와 있다는 연락이 왔다. 내가 놀랄까봐 치료실 선생님이 조심스레 전한 이야기였다. 아파트 화단에 있는 세발자전거를 타고 혼자서 치료실로 갔을 태훈이를 생각하니 심장이 쿵 하고 내려앉는 것만 같았다. 신호는 제대로 보고 건넜는지, 어떻게 그곳을 갈 생각을 했는지…. 사고가 안 나서 다행이란 생각밖에 안 들었다. 그 와중에 나를 더 아프게 한 것은, 담임 선생님은 이런 사실을 몰랐다는 것이었다. 이 일은 두 번이나 반복됐다.

처음 통지서가 나온 학교로 보내지 않은 것은 순전히 도움반 선생님 때문이었다. 조금 더 걸어야 하는 것을 감수하고서라도 좋은 선생님이 계신 곳으로 보내고 싶은 마음에서였는데, 이러저러한 일을 겪고 나니 아이에게 가장 좋은 것은 무엇인지 다시 한 번 생각하게 됐다.

주변에 특수학교에 다니는 사람이 없어서 치료실 선생님께 물어보았다. 이때만 해도 특수학교에 대한 내 인식은 좋지 않았다. 잘못된 정보로 오해를 하고 있었기 때문이다. 어쨌든 결정은 부모의 몫이었다. 나는 태훈이만 생각했다.

태훈이의 학교생활이 행복했으면 좋겠다는 게 가장 큰 바람이었다. 결정하기까지 고민이 많았지만 막상 특수학교로 보내겠다고 마음을 굳히니, 빨리 옮기고 싶었다. 2학년 겨울방학에 특수학교에 전학 신청을 해 놓고 집으로 돌아오면서, '잘했어, 잘했어'라고 스스로를 위로했다. 갔다가 만약 아니다 싶으면 다른 학교로 가면 된다고, 나 자신을 계속 다독였다.

특수학교에서의 날들이 시작됐고, 나는 태훈이와 며칠을 함께 다녔다. 학교 차량이 도는 순서가 태훈이가 첫 번째여서 태훈이는 아침에 일찍 일어나야했다. 아침 7시에도 깜깜한 겨울에는 이 대화로 하루를 시작했다.

"엄마! 하늘이 눈 떴어, 안 떴어?"

"응, 조금 있다가 하늘이 눈 뜰 거야."

태훈이는 학교에 가는 걸 무척 좋아했다. 태훈이가 행복하니 내 마음도 편했다. 장애를 가진 아이들의 특성을 누구보다 잘 아는 선생님이 있는 학교로 보낸 것은 태훈이에게 좋은, 옳은 선택이었다.

태훈이는 지금 특수학교 전공과에 다니고 있고, 전공과 2학년이 얼마 남지 않았다. 졸업을 하면 특수학교에서의 생활은 끝난다. 그래서 그 어느 때보다 이 하루하루가 소중하다.

애교

좋아하는 것, 원하는 것을 말할 때
태훈이의 특급애교를 볼 수 있다.

그중 대표적인 것이
치즈돈가스와 가위바위보.

"치즈돈가스 먹고 싶다아~~
엄마, 치즈돈가스 해 주라~~"
"엄마! 가위바위보 한 번만 해 주라~~"

이것이야말로 진정한 자신과의 싸움!

순대볶음

병원에 다녀온 후 약속대로 서당골 순대골 식당에서
순대볶음을 사 주었다.

"태훈아, 맛있니?"
"맛이 달아요?"

아이고 맛이 달다니, 얼마나 맛있길래!

태훈이가 싫어하는 것

태훈이는 벌을 싫어한다. 예쁜 꽃 옆에서 사진을 찍어 주려고 하면, "벌 받기 싫어요", "벌 받지 마세요" 한다. 인터넷을 통해 벌통 입구에 일회용 접시를 대고 벌을 받는 모습을 본 이후로 저렇게 말한다.

"벌 받기 싫어요."

—

지금도 태훈이는 괴물이 어디로 갔는지 물어본다.

"엄마! 괴물 어디로 갔어요? 괴물 어디에 살아요?"

"괴물은 울산으로 갔어."

처음에는 태훈이에게 괴물은 서울에 산다고 말했는데, 아차 싶은 일이 생기고 말았다. 친구 전시회가 있어서 서울을 갈 거라고 말했더니 자기는 안 간다는 것이었다. 괴물 때문이었다!

빨리 괴물을 다른 지역으로 이동시켜야겠다 싶어 생각해 낸 곳이 울산이었다.

"태훈아! 괴물이 울산으로 갔대!"

그 괴물은 아직 울산에 살고 있다.

눈 꼭 감기

태훈이가 쓰는 큰방 옆에는 큰방에서 잘 보이는 화장실이 있다.
그리고 우리 집 화장실은 문이 꼭 닫히지 않는다.

태훈이가 크니 조심해야 할 행동들이 늘었다.
화장실을 들어갈 때마다 몇 번 이야기했더니
이제는 내가 화장실에 들어가면 태훈이가 먼저 하는 말이 있다.
"눈 꼬옥 감꼬 있나 확인해 볼 거예요."

방귀

우리 아이들은 여자, 남자 할 것 없이 방귀와 트림 조절이 좀처럼 쉽지 않다.
그날도 트림에, 방귀에… 아주 난리가 났다.
가르쳐도 안 되고, 그렇다고 숨길 수도 없는 본능이니
때마다 몇 번이고 반복해서 가르치고 있다.

집에 와서 옷을 갈아입으려는 순간,
또 방귀가 나오려나 보다.
들은 건 있어서 어찌해 보려고 했는지 엉덩이에 바짝 손을 가져다대곤 방귀를
막는다.

태훈아! 엉덩이는 막는다고 해도 냄새는 어쩔 건데…

지금도 방귀가 나오려고 하면 4박자에 맞춘다.
하나, 둘, 셋, 뿡~

'앗! 방귀가 나오려고 해요.
아무데서나 뀌면 안 된다고 했는데
그래서 손으로 방귀를 막고 있어요.'

하고 싶은 말

운동을 하고 있는데 관리사무실에서 전화가 왔다. 1층에 사는 한 아기 엄마가 제보를 했다는 것이다.

사무실 분위기는 아기 엄마의 이야기 쪽으로 많이 쏠려 있었다. 사무실에 계신 분은, 아기 엄마네 방충망을 찢어 누군가 방안을 들여다봤다는 제보와 아파트 번호키들을 망가뜨린 제보를 함께 묶어 말했고, 그 두 가지는 모두 태훈이를 향해 있었다.

나는 아기 엄마와 통화를 했다. 아기 엄마는 태훈이가 한 일이라고 단정한 채 자신이 겪은 일과 놀란 마음에 대해 계속 말을 이어 갔다. 태훈이가 사고를 자주 치는 것은 사실이라 그동안 난 거의 모든 상황에서 상대를 이해하며 참기만 했다. 그런데 이번에는 그렇게 하는 것에 의문이 들었다. 태훈이가 억울할 수도 있는 상황에서 가만히 듣기만 하는 게 맞는 것인지, 태훈이의 엄마로서 내가 어떻게 반응하는 게 옳은 일인지 고민이 됐다.

우선 마음을 가다듬고 머릿속으로 생각들을 정리하기 시작했다. 그리고 속으로 기도를 했다. '하나님, 이럴 땐 어떡해야 하죠?'

나는 다시 아기 엄마에게 전화를 걸어 조심스럽게 말했다.

"어머니, 만약 제 아이가 그런 일을 저질렀다면 사과드릴게요. 아기랑 많이 놀라셨겠어요. 실은 제 아이는 장애를 가졌고, 사춘기가 왔어요. 그런데 제 전화번호랑 집은 어떻게 아셨어요?"

아기 엄마는, 누군가 방안을 들여다보는 것을 처음 본 날은 무서워서 나오지 못했다가 그날 또 인기척이 나자 이번에는 범인을 잡으리라 다짐하고 용기를 내서 문을 열었는데, 그 앞에 아이가 있었고, 그래서 아이에게 물어 우리 집을 알게 됐다고 말했다.

나는 태훈이에 대해 한 가지를 꼭 이야기하고 싶었다.

"그랬군요. 그런데 우리 아이는 방충망을 칼로 찢어서 안을 봐야겠다는 생각을 할 만큼의 지능을 가진 아이가 아니에요."

그녀는 내 말이 끝나자마자 화를 내며, 경찰을 부르려고 했는데 참았고, 참고 있는 자신의 행동을 친구들이 나무랐으며, CCTV를 설치하려고 했다는 말로 앞서갔다. 안되겠구나 싶어서 알겠다고 말씀드리며 방충망 값을 물었다.

아기 엄마에 대해서는 이야기하지 않고, 손으로 방충망을 찢는 흉내를 내며 태훈이에게 물었다.

"태훈아, 태훈이가 방충망 이렇게 했어?"

"안 했어요."

아기 엄마는 태훈이가 한 일이라고 확신하고 있으니, 일단 방충망 값을 준비해 태훈이의 손을 잡고 1층으로 내려갔다. 태훈이를 본 아기 엄마는 태훈이가 맞다고 했다. 아기 엄마는 멀리서도 눈에 띌 노란 머리에 아주 예쁘장한 얼굴을 가지고 있었다.

"우리 태훈이가 반할 만하네요."

아기 엄마를 보고 나니, 상황이 그려졌다. 길에서 마주친 이후 아마 몇 번인가 태훈이가 아기 엄마를 따라갔을 것이고, 그래서 집을 알았을 것이다. 그리고 그날 그 집 앞을 서성이다 인기척에 나온 아기 엄마가 본 것이고….

"태훈아, 인사드려. 죄송하다고 말씀드려."

죄송하다고 하는 태훈이 옆에서 나도 같이 아기 엄마에게 사과를 하고 우리 아이를 위해 혼을 내 달라고 말했다. 안을 들여다보기 위해 방충망을 칼로 찢는 일은 태훈이의 지능으로는 생각해 낼 수 없는 일이었지만 그건 엄마인 나만 아는 사실일 뿐, 그래서 '그래, 차라리 이것을 예방 차원의 교육이라고 생각하자'는 그런 마음이었달까. 아무튼 그 일은 그렇게 마무리가 되었다.

단장

손톱깎기

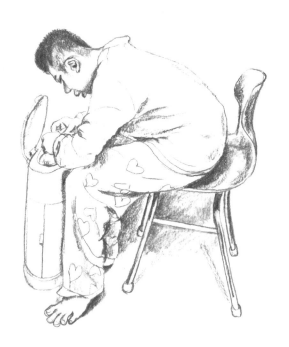

발톱깎기

삐뚤삐뚤 깎일 때, 잘 깎이지 않을 때는

내게 SOS를 친다.

"도와주세요."

폼 내기

새 학기가 됐다. 태훈이도 모든 것이 새로웠을 것이다.

학교 친구의 가방이 맘에 들었는지 화살표 가방을 사 달라고 해서 가방매장으로 갔다. 지금 나이에 맞는 가방을 사 주고 싶었는데, 태훈이가 그 친구가 맨 가방을 고집해서 어쩔 수 없이 태훈이가 원하는 가방을 샀다.

따뜻한 봄날, 치료실 선생님과 태훈이, 나 이렇게 셋이서 인덕원으로 가는 전철을 탔다. 앉을 자리가 있는데도 굳이 통로에 서서 계속 저 폼을 하고 서 있다. 갈 길이 머니 앉기를 권했지만 계속 저 자세다.

가방 하나 바꿨을 뿐인데
자꾸 이런 자세가 돼요.

아침인사

태훈이가 일어나자마자 내게로 와 아침인사를 했다.

"하룻밤만도 잘 잤어요?"

진짜 엄마 되기

태훈이와 나의 지금 모습만 아는 사람들은 우리가 얼마나 힘들고 아픈 시간을 보냈는지 알지 못한다.

태훈이가 태어난 1997년은 국가부도 위기에 처한 해였다. 나는 태훈이를 시어머니께 맡기고 서울로 올라와서 일을 했다.

시어머니는 핏덩이인 태훈이를 애지중지 키우셨다. 손수 이불감을 떼어다가 이불을 만들어 주실 만큼 태훈이에 대한 사랑이 대단했다. 거기엔 손녀가 아닌 손자라는 사실도 얼마간 작용했음을 부인할 수 없다. 두 사람이 함께한 날들을 곁에서 본 것은 아니지만, 어머니가 태훈이에게 어떻게 대하셨으리라는 것은 충분히 짐작이 간다. 태훈이를 키우면서 힘이 들 때는 시어머니 생각이 나곤 했다.

태훈이가 다섯 살이 되던 해, 나는 일을 그만뒀고 태훈이를 데려왔다. 할머니와 갑자기 생이별을 했으니 아이는 많이 혼란스럽고 힘들었을 것이다. 아이가 다섯 살이 돼서야 제대로 엄마 역할을 시작한 나 역시 쉽지 않았다. 무엇보다 태훈이에 대해 모르는 것이 많았다.

태훈이는 편식이 심했고, 숟가락 젓가락을 사용할 줄 몰랐다. 말하는 것도 또래 아이들보다 많이 늦은 편이었다. 시어머니께는 분명 태훈이가 말을 했다고 들었는데, '엄마'란 말을 아무리 가르쳐 줘도 허사였다.

태훈이에 대해 시어머니께 자세히 물어봐야겠다고 내내 생각하다가 시어머니가 위독하시단 소식을 들었다. 병원에 계신 시어머니를 간호하러 부산으로 갔고, 시어머니의 장례를 치른 후에야 집으로 돌아왔다. 모든 것이 정신없이 지나가 버린 탓에 태훈이에 대해 물어볼 겨를이 없었다.

집 근처 약수터에 태훈이를 자주 데리고 다녔다. 여러 사물들의 이름을 가르쳐 주고, 보이는 대로 가르쳐 준 것들의 이름을 물어봤다. 하루는 태훈이가 가로등의 둥그런 전등을 보며 '달'이라고 말했다. 스스로 말한 것을 보면 들어서 알고 있던 단어인 것이 분명했다. 그러나 둥근 전등을 보며 달을 연상한 것인지, 정말로 전등을 달이라고 생각하는 것인지는 알 수 없었다.

태훈이는 자동차에 관심이 많았는데, 유독 포클레인에 관심이 많았다. 마트에 가면 포클레인 상자를 뜯어 버리고, 사 달라고 조르기 일쑤였다. 집에 갈 생각도 안 하고 몇 시간씩 그 주위를 뱅뱅 돌기만 했다.

많은 부분에서 또래 아이들과는 다른 모습을 보이는 태훈이가 나는 점점 불안했고, 결국 대학병원에 가서 검사를 받았다. 검사 결과를 보러 가는 날, 자폐가 아니기를 얼마나 바랐는지 모른다. 당시 나는 장애의 종류를 그것밖에 몰랐다.

"발달지체 소견을 보입니다."

'발달지체 소견'. 나는 발달 속도가 조금 늦다는 뜻으로 받아들였지 그것이 '장애'를 의미하는 줄은 꿈에도 생각하지 못했다. 태훈이가 다니는 선교원 선생님이 소개시켜 주신 치료실을 다니면서도, 그곳에서 하는 치료만 받으면 좋아지는 줄 알았다. 어쩌면 그렇게 멍청했을까.

조금만 더 일찍 치료를 받았더라면 어땠을까. 그랬다면 지금보다는 좀 더 정상에 가까운 모습이 아니었을까. 어디서부터 잘못된 걸까. 머릿속을 뒤집어 이리저리 파헤치고 가슴을 쾅쾅 친들 돌이킬 수 없는 시간들이다.

태훈이와의 생활은 하루하루가 전쟁이었다. 특히 아이와의 외출은 아이를 업은 채 살얼음판 위를 걷는 것과도 같았다. 오늘은 부디 아무 일도 일어나지 않기를 바라며, 나가기 전에 큰 결심을 하곤 했다.

'어떤 일이 생기더라도 10번은 참아야 해.'

그러나 내 다짐이나 간절함 따위 소용없다는 듯 아이의 행동은 점점 더 나빠졌다. 언제나 순식간에 일이 벌어졌고, 나는 뒤를 따라다니며 수습하기에 급급했다. 하루가 멀다 하고 벌어지는 사건들에 나는 화를 주체할 수 없었고, 한번씩 화가 치밀어 오르면 커튼 봉이 휘어질 만큼 아이를 때리기도 했다. 그리고 그런 날이면 어김없이 찾아오는 깊은 자책감과 태훈이를 향한 미안함에 너무 괴로웠다. 참고 참았던 속상함이 터지는 날엔 내 설움이 폭발해 다음 날 눈이 떠지지 않을 정도로 눈물을 쏟아냈다. 끝날 것 같지 않는 이런 일들의 반복으로 내 몸과 마음은 너덜너덜해져 갔다. 어떻게 죽을까를 생각하며 겨우 살아가는 삶, 희망 없는 삶이었다.

태훈이가 초등학교 5학년이던 어느 하루, 태훈이가 이제야 나를 엄마인 줄 아는 것 같다는 묘한 느낌을 받은 날이 있었다. 태훈이와 함께 산 지 7년이 지난 후였다.

'태훈이와 떨어져 지낸 시간보다 훨씬 더 많은 시간이 걸리는구나.'

백일도 채 되지 않은 아이와 떨어져 살았던 것을 비롯해 당시의 모든 결정이 후회됐다. 엄마와 일찍 떨어져 자란 아이들이 모두 다 그런 것은 아니지만, 당시 나는 '아이의 장애가 왜 생겼을까' 하는 생각에 몰입해 장애를 갖게 된 원인을 찾는 데 온 정신이 집중돼 있었다.

그러다 문득 매일 이렇게 살 수는 없다는 생각이 들었다. 죽고 싶은 마음으로, 전쟁터에 끌려나온 억울한 마음으로 평생을 살 수는 없었다. 바뀌어야 했다. 변화를 위해 가장 필요한 것은, 장애의 원인을 찾는 게 아니라 내가 이 삶을 받아들이는 것이었다. 나는 그때껏 그것을 하지 못하고 있었다.

나는 태훈이 앞에 무릎을 꿇고, 태훈이에게 상처가 됐을 내 행동과 말을 생각나는 대로 사과했다. 그리고 태훈이의 문제 행동에 중점을 두며 하나하나씩 고쳐 나가려고 노력했다. 그렇게 새로운 날들이 시작됐다.

기 싸움

태훈이가 사고를 칠까봐 노심초사하며 몸도 마음도 아이와 밀착해 있다 보니 오히려 아이를 더 정확하게 볼 수 없었다. 그래서 마음의 거리를 두고, 엄마지만 태훈이의 선생님이 되어 보기로 했다.

치료실에 가면 선생님께서 하시는 말씀을 귀담아 들었다. 선생님은 거의 매 순간 태훈이와 붙어 있는 나보다 태훈이를 더 잘 아셨고, 내가 태훈이에 대해 몰랐던 부분까지 설명해 주셨다. 나는 태훈이를 가르치시는 선생님께 많은 것을 배워 가고 있었다.

태훈이의 장애와 장애아의 엄마의 삶을 받아들이기로 결심하며 마음속으로 다짐한 것들이 있다.

- 어떤 것으로도 아이를 때리지 않기
- 대화 많이 하기
- 아이의 시간을 기다려 주기
- '너 때문에'라고 원망하지 않기
- 소리 지르지 않기
- 인격적으로 대하기
- 섬기기

나와의 약속을 지키며 나부터 바뀌자고 굳게 다짐하고 또 다짐했다.

변화를 시작하며 가장 먼저 선택한 것은 '생각하는 의자'였다. 그날도 태훈이와 한바탕 전쟁을 치렀다. 내가 화장실에 간 사이에 냉장고 문을 활짝 열어 놓은 채로 계란을 냉장고 벽에 다 던져 버린 것이다. 순식간에 굳어 가는 계란을 닦는 건 쉬운 일이 아니었다.

나는 태훈이를 생각하는 의자에 앉혔다. 그러나 순순히 앉아 있을 태훈이가 아니었다. 소리를 지르며 울면서 자기 얼굴을 때리고, 눈물과 콧물을 자기 얼굴에 다 비비고, 난리가 아니었다. 잘못했다고 말하고 나선, 내 머리채를 잡고 나를 끌기 시작했다.

"손 놓으세요. 손 놓으세요."

내 머리카락 한 움큼이 아이의 손가락 사이에 끼어 있었다. 질질 끌려가기를 몇 분. 다시는 안 그러겠다고 말한 아이를 진정시키고 얼굴을 닦아 놓으면, 바로 코를 풀어서 얼굴 전체에 보란 듯이 또 발라댔다.

그러기를 몇 번 반복하자 날은 저물었고, 방바닥엔 내 머리카락이 듬성듬성 떨어져 있었다. 길고 긴 기 싸움에 우리 둘 다 힘이 빠졌다.

깨끗해진 얼굴로 잠든 태훈이를 보니 마음이 아팠다. 누군가 대신 살아 줄 수 없는 이 삶을 나는 놓고도 싶었다. 그래서 하나님께 떼를 썼다. 태훈이와 나를 한날한시에, 1초도 틀리지 말고 함께 데려가 달라고.

우리 사이좋게 걸어가자.

엄마가 노력할게.

그러니 태훈아, 너도 엄마를 좀 봐줘.

part 2

우리 집 돼지

배부른 돼지보다
배고픈 소크라테스가 낫다 했던가.
우리 집에는
막 밥 한 공기 뚝딱 한 듯
배가 불러 있지만
항상 배가 고픈 김크라테스가 산다.

잘 묵고 잘 싸면 돼지

사고 안 치면 돼지

핵교 잘 댕겨오면 돼지

건강하면 돼지

꼬라지 안 피우면 돼지

이 정도면 돼지

우리 집 돼지

이 소박한 소망이 한때는 나의 절박함이었다.

지금 모습으로는 상상할 수도 없는 사고뭉치였고,

그래서 난 늘 아들의 뒤를 따라다니며 아들이 저지른 일을 수습하며 사과하기에 바빴다.

그런 세월을 보내며, 아들을 향한 내 소망들은 점점 작아져서

그야말로 '잘 먹고 잘 싸면 되지'로 감사하게 되었다.

"태훈아!

반 친구들과 잘 지내렴.

부디 다른 반에 가지 말고, 응?"

눈에는 눈 이에는 이

니 이름이 뭐야?
김태훈이요.

니 이름이 뭐야?
김태훈이요.

니 이름이 뭐야?
김태훈이요.

니 이름이 뭐야?
김태훈이요.

니 이름이 뭐야?
안 할래요!

"엄마가 자꾸 물으니 기분이 어때?
같은 말을 반복하면 옆 사람이 힘든 거야."

같은 말을 자주 반복하는 태훈이에게
반복되는 말이 주는 피로를 알려 주는 방법.
효과가 그리 오래가진 않는다.

만 원어치

태훈아, 머리 멋진데?!
머리 얼마 주고 잘랐어?

"만 원어치예요."

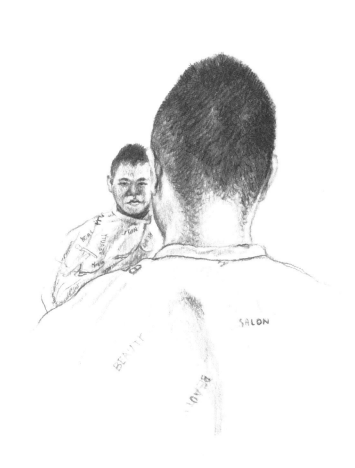

꼼수

화장실에서 볼일을 보고 있는 태훈이를 불렀다.

"태훈아!

엄마 슬리퍼 좀 줄래?"

.

.

.

태훈아,

혹시

정상으로 돌아온 거니??

매너손

김은선 선생님과 함께

▷ manner hand

햇츠온 머스타드 옐로우 노란 옷

태훈이는 자기가 좋아하는 옷만 입으려고 하고, 좋아하는 신발만 신으려고 한다. 어렸을 때도 그랬고, 지금도 그렇다.

어릴 때 좋아하는 캐릭터 수건을 사 준 적이 있는데, 다른 것이 사고 싶어서 그랬는지 그 수건을 분리수거함에 넣는 것이었다. 수건뿐만 아니라 싫어하는 물건들을 자꾸 수거함에 넣었었는데, 이 행동이 없어졌나 했더니 얼마 전에는 입고 나간 옷 없이 집으로 돌아왔다.

"그 옷 어딨어?"

"아 음 경비실에 있어. 경비아저씨…"

횡설수설하는 모습에, 또 분리수거함에 넣었구나 싶었다.

"몇 번째 분리수거함에 넣었어?"

"두 번째 분리수거함에 안 넣었어요."

태훈이와 함께 분리수거함 앞에 가서 안을 들여다봤다. 어떻게 꺼내야 할지 막막했지만 이번에 꼭 이 행동을 고쳐야겠다고 생각했다. 마침 긴 집게가 보여서, 집게를 들고 팔을 길게 수거함 안에 넣어 옷을 꺼냈다.

"태훈아, 태훈이가 입기 싫다고 옷을 분리수거함에 넣으면 안 돼. 햇츠온 후드티가 얼마나 슬펐겠어."

"아! 아니다. 햇츠온 머스타드 옐로우 노란 것."

"으이구 그래, 이 햇츠온 머스타드 옐로우 노란 옷이 태훈이 형아가 버려서 슬펐겠다. 미안하다고 사과해. 버리지 않겠다고 말해줘."

수거함에서 꺼낸 옷을 마치 아기를 안듯 두 팔로 안고는 사과를 한다.

"햇츠온 머스타드 옐로우 노란 옷아, 미안해."

"아들아! 너의 친구들은 나라를 지키기 위해 군대에 갔다."

꽃이불, 꽃청춘

태훈이가 자고 있는 모습을 보면 여전히 아이 같고 왠지 짠한 마음이 든다. 자는 모습을 볼 때마다 그렇다. 그래선가 좋은 이불을 덮어 주고 싶고, 더 좋은 환경을 만들어 주고 싶다.

고1 때까지는 밤마다 이불에 오줌을 싸서 좋은 이불을 깔아 줄 수가 없었다. 하루는 태훈이가 새 이불에서 하도 자고 싶어 하길래 애잔한 마음에 덜컥 허락을 했다가 사단이 났다. 밤새 얼마나 싸댔는지 이불을 들 수가 없었다. 세탁기까지 가져가는데 묵직한 이불에서 소변이 뚝뚝 떨어졌다.

그 후로는 두껍고 좋은 이불은 허락할 수가 없었다. 덕분에 그 이불은 장롱 속에서 나오지 못하는 장롱이불이 됐다.

밤마다 잠자리에 소변을 보던 것이 고쳐지자 장롱 속에 고이 모셔 뒀던 이불을 꺼냈는데, 맙소사 참으로 촌스러운 꽃이불이다. 게다가 그때의 사건으로 소변 자국까지 그대로 남은 헌 이불이 돼 있었다. 그리고 그 이불 위에서 자는 태훈이도 어느덧 스물한 살 꽃청춘이 됐다.

스물한 살 꽃청춘은 친구들과 신나게 어울려 놀

멋진/이쁜/바쁜/좋은 나이인데

이 늙어 가는 엄마와 놀고 있으니…

꽃청춘 태훈아!

꽃이불 덮고 꽃길만 걷는 인생이길 기도한다.

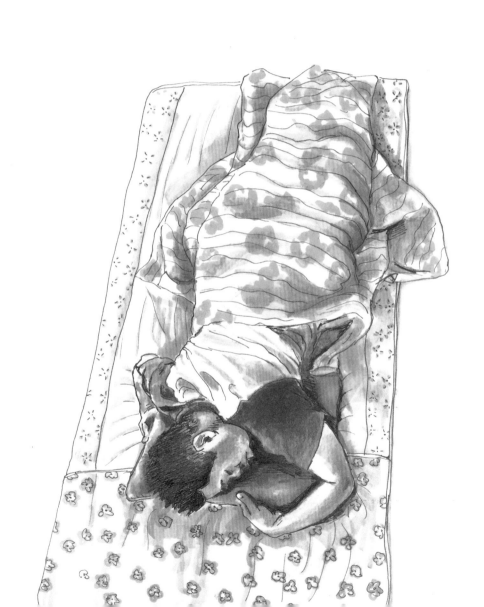

검지와 중지

태훈이를 다섯 살까지 키워 주셨던 친할머니는 골초셨다.
그래선지 태훈이는 빨대나 하드 막대기를 잡게 되면,
담배를 태우는 흉내를 낸다.

지인 부부와 까페에서 차 한 잔을 하고 있는데
맙소사, 빨대를 저렇게 잡고 아이스초코를 마신다.
아이고 두야.

지극히 작은 자

태훈이의 동생을 갖기로 마음먹은 건, 태훈이의 미래 때문이었다. 아이가 사고를 치면 괴롭고 힘들었지만, 아이의 장래를 생각하면 안타깝고 미안하고 슬펐다. 지금이야 내가 있으니까 부모가 지켜주고 이해하지만 이 아이 혼자 남겨지면 어쩌나….

어디를 가도 태훈이 앞에는 '장애'라는 단어가 붙을 것이다. 장애. 경험해 보지 않은 사람은 결코 알 수 없는 단어다. 참 답답하기 그지없고, 내게 이런 일이 일어날 줄은 몰랐다고 한탄하며 울고 또 울어도 또다시 눈물이 솟는 단어. 의학적으로 비장애로 만들 수 없으니 희망 없는 단어, 그래서 억울하고 숨 막히는 단어.

신께 발악을 하던 때가 있었다. 너무나 고통스러워서 예수님의 십자가 죽음과 비교하며 막말을 하기도 했다. "예수님의 십자가 고통은 하루 만에 끝났지만, 장애 아이를 둔 부모는 평생 고통스럽잖아요! 하나님이 보시는 인생들의 시간은 짧겠지만 난 너무나 길게 느껴져요. 이 고통이 미치겠어요! 이럴 거면 다 장애인으로 만들어 놓지 왜!"

내 안의 슬픔과 고통을 마구잡이로 쏟아냈다. 태훈이가 정상으로 될 수만 있다면, 내 영혼을 파는 일이라도 하겠다며 울부짖었다.

그 긴 울음 끝에 태훈이에게 동생을 주기로 생각하게 된 것이었다. 사실 오래전부터 고민하며 갈등하던 일이었다. 본격적으로 기도하면서 의학적인 힘을 빌어 늦게나마 최선을 다했지만, 이 또한 쉬운 일이 아니었다. 한 해 한 해 몸과 마음이 황폐해졌다.

한나의 기도를 따라 해 보기도 하고, 아침마다 교회에 가서 무릎을 꿇었지만, 얻게 된 것은 최선을 다해도 안 되는 일이 있다는 깨달음이었다. 이 부분은 내 영역이 아니었다. 생명 주심은 온전히 하나님께 속한 일이었다.

그 시기에 내가 가장 싫어했던 말이 '그리 아니하실지라도'이다. 결과적으로 그리 아니하셨지만, 둘째를 기다리며 눈물 흘린 시간 동안 태훈이라는 자녀를 내게 선물로 주셨다는 것을 새롭게 알게 됐고, 내가 낳은 자녀지만 이 아이를 잘 섬겨야겠다는 마음이 깊어졌다. 태훈이는 내게 지극히 작은 자였다.

… 너희가 여기 내 형제 중에 지극히 작은 자 하나에게 한 것이 곧 내게 한 것이니라 … (마태복음 25장 40절)

담쟁이를 보면 어린 시절이 떠오른다.

그래서 종종 지나는 곳.

도대체 왜

걸스데이 민아의 운동체조송을 들으면서 서럽게도 울고 있다.

"태훈아, 왜 울어?"
"걸스데이 민아 체조 때문에 울었어요."

+

이 체조송으로 말할 것 같으면

안전보건공단에서 걸스데이 민아를 모델로 만든 것이다.

업무 중에 잠시 짬을 내거나 점심시간을 이용해서, 혹은 야근 시간에 영상을

보고 따라 하면 쑤시고 뻐근한 근육들이 풀리는 체조라는데

넌 도대체 뭐냐, 아들아!

남다른 포스

서점 주인이 아닙니다.

제 아들 태훈이에요.

서점에 주문해 놓은 책을 사러 왔는데

이렇게나 멋지게 기다려 줍니다.

태훈이랑 같이 치킨을 먹으러 가기로 했어요.

태훈아, 기다려 줘서 고마워!

_북극서점에서

기다림 연습

은행이라도 가게 되면 같은 말을 반복하며 자해를 하는 태훈이 때문에 도무지 일을 볼 수가 없었다. 태훈이의 그런 행동은 기다림이 필요한 거의 모든 상황에서 일어났다.

'기다림'은 폭이 넓은 영역이라, 은행이나 병원에서처럼 가만히 순서를 기다리는 것뿐만 아니라 먹고 싶은 음식을 참는다든지 가고 싶은 곳을 나중에 간다든지 하는 일들을 다 포함한다. 기다린다는 건 태훈이에겐 어려운 일이었고, 그런 태훈이를 데리고 다니는 내게도 참 괴로운 일이었다.

나는 기다림의 훈련을 할 수 있는 상황을 만나면 모두 활용했다. 때로는 약을 먹으면 잠시 안정이 되는 동안 상황을 설정해서 태훈이에게 기다림 연습을 시켰다.

예를 들면, 태훈이가 가장 좋아하는 음식을 접시 한가득 만들어 놓은 다음, 허리 높이의 김치냉장고 위에 그대로 올려 둔다. 그 앞을 수차례 왔다 갔다 하는 동안 나는 절대 손을 대지 않고 태훈이에게 이렇게 말한다.

"태훈아, 엄마는 안 먹어. 이거 전부 니 거야. 대신 이따가 먹어."

또 한자리에서 기다리는 것뿐만 아니라 장소를 이동하면서 다음 행동을 하기까지 기다리는 훈련을 시키기도 했다. 치료가 끝나면 매번 치료실 선생님을 집까지 데려다 드렸는데, 그 길을 함께 가면서 일의 순서(선생님을 집에 데려다 드리는 것이 첫 번째)를 가르치는 식이었다.

이제는 내가 일을 끝낼 때까지 옆에서 잘 기다리고, 제법 타협도 된다. 며칠 전에는 태훈이가 감자탕을 먹고 싶다고 했다. 태훈이가 원한 것은 1인용 뚝배기에 나오는 뼈다귀해장국이 아니라 2인부터 주문 가능한 전골에 끓인 감자탕이었다. 나는 이미 밥을 먹은 터라 이번엔 뼈다귀해장국을 먹고, 다음에 감자탕을 먹자고 이야기했다.

"다음에?"

"응 다음에."

'다음에'가 받아들여지는 날이 왔다.

미안해

어디선가 소리가 난다.
뭐지?

또다시 구시렁구시렁 소리가 난다.

혹시 싶어 현관문 쪽으로 가 보니
열린 대문 틈으로 태훈이가 보인다.
그 앞에 계속 서 있었나 보다.

"태훈아, 미안해 미안해" 했더니
태훈이가 내 말을 따라
"미안해, 미안해" 한다.

문 열어 달라고 하면 될 것을…
문이라도 두드리면 될 것을…

"미안해, 미안해."

나의 말, 너의 말

결혼을 하면서 이런저런 꿈이 생겼다.

아이를 낳으면 이름을 ○○라고 지어야지.

일반학교가 아닌 대안학교로 보내야지.

.

.

.

아기가 생겼고, 나는 아기가 건강하게 자라기를 바라며 부디 장애만 갖지 않게 해 달라고 기도했다.

양수가 먼저 터졌고, 병원으로 갔을 때 의사는 수술을 하자고 했다. 수술을 하면 들어가게 될 돈 걱정에 자연분만을 해 보겠다고 했다. 진작에 선생님 말을 들을 걸, 그야말로 개고생을 하다가 도저히 견딜 수가 없어서 수술을 시켜 달라고 내 입으로 말씀드렸다. 수술 준비를 하는 동안도 참을 수가 없었다.

태훈이가 태어나자 기쁨도 잠시, 막막함이 몰려왔다. 월세를 내기도 빡빡한 상황에서 아이에게 들어가는 비용을 감당하기란 너무 버거운 일이었다. 분유가 없어서 옆집에서 준 베지밀을 먹인 적도 있었다. 아이에게 이것을 먹여도 되는지 얼마나 가슴을 졸였는지 모른다. 나는 점점 말수가 줄어들었다. 아이가 태어나면 좋은 엄마가 되겠다던 마음은 온데간데없이 사라졌다.

태훈이에게 장애가 있다는 것을 조금 늦게 알게 됐고, 말이 너무 느린 태훈이를 보며 또래 아이들처럼 나이에 맞게 말이라도 하길 간절히 바랐다. 그러다가 더디지만 아주 조금씩 말이 늘어가는 것이 신기하고 고마웠다. 그런데 말이라는 게 지나치면 무척 괴롭다. 태훈이는 같은 말을 반복하기 시작했고, 그것은 옆에 있는 사람을 정말 힘들게 했다. 적절함을 갖는다는 게 이리도 어려운 일인가 싶었다. 못하면 못하는 대로 애가 타고, 넘치면 넘치는 대로 괴롭고….

말이 늦고 어눌하면서도 좋지 않은 말은 왜 이리도 빨리 터득하는지, 정확한 뜻을 알지도 못하면서 들은 말을 아무에게나 사용하니 싸움거리가 됐다. 태훈이를 매우 예뻐해 주던 형이 있었는데, 태훈이가 혼자 가서 그에게 욕을 했나 보다. 몇 번을 찾아가서 미안하다고 했지만 쉽게 마음을 풀지 않았고, "교육 잘 시키라"는 말로 내 사과를 받았다. 그의 입장에서는 그럴 수 있는 일이었다. 사실 태훈이는 "형이 너무 좋아요"를 반응이 큰 욕으로 대신한 것이었는데, 설명을 한들 이해되지 않을 것 같았다. 오히려 그 설명이 그를 더 화나게 할 것 같아서 그저 입을 다물었다.

태훈이는 이 말, 저 말 들리는 대로 머리에 저장해 놓고, 그것들을 적절하게 사용하지 못했다. 상황에 맞지 않는 엉뚱한 단어가 튀어나오는 경우가 허다했다. 그래서 태훈이 앞에서는 말을 조심하게 됐다. 한마디로 태훈이 앞에서는 냉수도 못 마셨다.

인지와 언어를 가르치는 선생님은 한결같이 예쁜 말로 태훈이를 가르치셨다. 처음에는 선생님처럼 하는 것이 쑥스러웠지만, 태훈이에게 물질적으로 잘해 주진 못하더라도 내가 할 수 있는 것엔 최선을 다하자는 마음으로 내 말투부터 바꿔 나갔다. 지나가다가 태훈이 물건이나 태훈이를 툭 치는 정도의 작고 사소한 일이어도 그때마다 "태훈아, 미안해"라고 했고, 그러면 태훈이도 "엄마, 미안해"라고 말했다. 어쩌다 내가 사과를 못하고 지나칠 때는 태훈이가 먼저 "미안해"라고 말한다. 상대방이 해야 할 말을 하는 것이다. 말하자면 "엄마 미안하다고 말해" 이거다.

태훈이는 문을 열고 상대방이 나올 때까지 문을 잡고 기다려 준다. 그럴 때면, 나는 과장된 몸짓과 말투로 "어머! 태훈아, 너무 고마워! 멋진 남자야"라고 반응한다. 고마운 마음, 미안한 마음을 그때마다 아낌없이 다 표현하는 것이다.

처음에 말을 가르쳐 줄 때, 반향어(상대방의 말을 그대로 따라 하는 것) 때문에 애를 먹었다. 그런데 들리는 말을 그대로 따라서 하니, 내가 어떤 말을 하는가에 따라 아이의 언어 색깔도 변할 수 있다는 것을 알게 됐다.

그동안 들었던 말들이 질서 없이 뒤죽박죽 자리 잡고 있고, 그래서 엉뚱하게 표현될 때가 많지만 나는 태훈이의 말들이 왜 그렇게 예쁘고 귀여운지 모르겠다. 그래서 그 말들을 놓칠세라 입으로 중얼중얼 외우면서 적어 놓고, 그때의 상황을 그림으로 남긴다.

나는 엄마에게 칭찬이나 위로를 듣지 못하고 자랐다. 그래서 어려서부터 외모가 훌륭하거나 남들보다 뛰어난 무언가가 없어도 자기 자식이기에 진심으로 예뻐하는 엄마들을 보면 참 부러웠다. 그런 엄마들을 보며, 내가 낳은 내 아이를 진심으로 예뻐하는 엄마가 되자고 다짐했다. 내가 낳은 아이를 내가 예뻐해 주지 않으면 누가 예뻐해 주겠는가. 아프게 낳아 준 것도 미안한데 엄마의 사랑만큼은 아낌없이 받는 아이가 되게 해 주자고, 날마다 다짐하며 노력한다.

나는 고슴도치 엄마가 되어 가고 있다.

김 쓰리

1. 김남규 선생님(태훈이 중학교 2학년 때 담임)
2. 김민식 학생
3. 김태훈 학생

민식이랑 태훈이는 늘 같은 반이 되기를 바랐는데 좀처럼 이루어지질 않았다. 딱 한 번, 중학교 2학년 때 같은 반이 된 게 전부였다.

둘이 얼마나 개구쟁이였는지 쉬는 시간마다 함께 사라지는 통에 학교에는 민원이 끊이지 않았고, 당시 담임 선생님은 밀려오는 민원에 당황하기보다 오히려 그 상황을 즐기며 지혜롭게 대처하셨다.

담임 선생님의 한량없이 넓은 날개 안에서 두 녀석은 맘껏 활개를 치며 학교생활을 누렸다. 그해는, 김남규 선생님이 처음으로 담임을 맡은 해였다.

태훈이를 학교에 보내 놓고 그토록 행복하고 즐거웠던 적은 처음이었다.

행복하면 시간이 더 빨리 지나가는 것처럼 느껴지는 건 왜일까. 어느덧 선생님과 이별할 시간이 찾아왔다. 게다가 선생님은 다른 학교로 가시게 됐다.

마지막 날의 이야기를 뒤늦게 전해 듣고는 '웃프다'는 말을 실감했다.

아이들에게 이별 이야기를 꺼내는 것이 쉽지 않아 겨우겨우 슬픈 마음을 진정시키고 반 아이들에게 다른 학교에 가게 됐다고 이야기를 하려는 순간, 눈치 없는 반장이 일어났다.

"차렷, 선생님께 인사."

준비한 인사를 할 겨를도 없이 등 떠밀리듯 이별을 했다고.

당시 반장은 태훈이었다.

시간이 흘러 김 3가 만났다.

작년 겨울, 내 전시회를 겸해 선생님이 먼 곳에서 와 주신 것이다.

중학교 2학년 소년에서 스물한 살 청년이 된 아이들을 보자마자 선생님이 한 마디 하신다.

"와, 너네 귀여우면서도 징그럽다."

선생님은 양손에 두 제자의 손을 잡고 전시장을 둘러보셨다.

"선생님이 계셔서 눈치 안 보고 학교에 보냈고, 그 한 해가 참 행복했어요. 선생님의 사랑을 다른 아이들도 받을 수 있도록 오래오래 특수학교에 계셔 주 세요. 선생님, 감사합니다."

안대

태훈이한테 '안대'라는 이름을 정확히 가르쳐 주지 않아서 생긴 일이다.

태훈이가 무언가를 중얼거리며 주변을 서성이는데, 뭐를 달라는지 도무지 알

아들을 수가 없었다.

나는 또 이 넌센스 문제를 알아맞히려고 애를 썼고,

답이 생각난 순간 웃음이 터지고 말았다.

태훈이가 말해 준 안대는

"어디 숨었게"였다.

어디 숨었게 어딨니!

어디 숨었게 어딨니!

태훈이의 말

〈나는 이렇게 들렀다〉
"언니, 어디 갈까요?"
태훈이가 흥얼거리는 노래의 실제 가사는
어금니 윗니 닦아요.

〈빨리 자〉
"빨리 자. 빨리 자야 내일 학교 가지."
"잠 좀 자 주세요. 잠이 못 왔어요."

〈머리 감기〉

아침에 내가 머리를 감겨 준다.

"혼자서 씻어야 멋있는 거야"라고 해도 꼭 나를 불러 씻겨 달라고 한다.

자기가 씻으면 시간이 오래 걸린다는 것을 알기 때문이다.

물이 들어가지 않게 하려고 조심하는데도

빨리 감기다 보면 코나 귀에 물이 들어갈 때가 있다.

그럴 때마다 태훈이가 항상 하는 말이 있다.

"엄마, 물에 빠지지 않게 해 주세요."

아무리 고쳐 줘도 변하지 않는 고정멘트.

누가 들으면 깊은 강에 들어가서 씻는 줄 알겠다.

시대를 앞서가는 패피

태훈이는 집에 있을 때 편한 옷으로 갈아입는다.
아울렛에서 산 올리브그린 옷을 입고,
바지는 길어 발이 보이지 않자 바지 위를 몇 번 접더니
바지 속으로 윗옷을 넣었다. 참 많이도 넣었다.
〈응답하라 1988〉의 정봉이 패션을 추구하는 태훈이.
할아뭐지?

"태훈이 몇 살 됐어요?"

"스물두 살요."

태훈이의 꿈

태훈아, 꿈이 뭐야?

엄마 꿈

태훈이는 어떤 사람이 되고 싶어?

경찰

태훈아, 태훈인 꿈이 뭐야?

잘 모르겠어요.

태훈이는 '꿈'이 뭔지 모른다. '꿈'이란 말의 뜻을 모른다.

그래, 꿈이 별거겠니. 하루하루 건강하고 안전하게, 친구들과 웃고 고운 말하며 살면 되지.

30번 버스

이제는 태훈이 혼자서 버스를 타고 학교에 가야 한다.

집 앞에서 타는 버스는 환승을 해야 하고, 무엇보다 학교 가는 학생들이 많이 탄다. 학생들을 따라 내릴 수도 있을 것 같고, 또 다른 우려되는 일도 있어서 그 버스를 과감히 포기하고 다른 버스를 타기로 결정했다.

30번 버스가 서는 정류장까지 가는 길은 위험하고 시간이 걸리기도 하지만 어쩔 수 없다.

교통수단으로부터 자유로울 수는 없는 법이다.

언젠가는 과감하게 아이의 손을 놓아야 한다.

그게 지금이 아닐까 싶다.

태훈이가 학교에 도착하기까지 내 마음도 태훈이와 함께 간다.

후유증

운동을 다녀왔는데도 태훈이가 잠을 안 자고 있다.

"태훈아, 아직 안 잤어?"
"태훈이 어디다 전화하지 않았어요.
민식이한테 아직 전화하지 않았어요."
"태훈아, 자고 내일 학교 가야지."
"기침하고 싶어요."

갑자기 가슴 깊은 곳에서부터 기침을 끌어올려
콜록콜록, 캑캑 아주 난리다.
혹시나 해서 나도 덩달아
"오오 오똑케 오똑케 내일 학교 가야 되는데
에이 나쁜 감기!" 했더니
더 크게 기침을 만들어서 한다. 연기 죽인다.
감기와 비염으로 며칠 학교를 빠졌더니 후유증이 크다.

알아 친구

"엄마! 아라 친구 대 주세요."

"아라?"

아무리 생각해도 '아라'라는 이름의 친구가 생각이 안 난다.

"아라 친구가 누구야?"

"최소월 목사님이 한원이 알지,
신승민이는 정윤식 알고,
요한이형 알고, 재현이형 알고,
영준이 동생 알고, 영식이 알고,
됐지!"

이것이 바로 태훈이의 '알아' 친구!

수탉이에요

태훈이가 집에 왔다.

분명 저녁밥을 먹었다고 들었는데 치킨을 시켜 달란다.

늘 불러 있는 배이긴 하지만 오늘은 분명히 저녁을 먹은 배인데?!

치킨까지 먹고 나니 배가 엄청 불러 있길래

괜히 장난이 치고 싶었다.

"태훈아, 태훈이가 먹은 치킨은 뭐야?"

"수탉이에요."

"태훈아! 수탉이 태훈이 배 속에다 알을 다섯 개 낳았어.

내일 아침에 배꼽에서 병아리가 뿅뿅 나올 거야."

"안 안돼~ 안돼요!"

심각한 고민에 빠져서 배를 움켜잡고 있다.

융통성

버스 안에서 태훈이와 아빠의 통화 내용을 듣고 있었다. 태훈이가 버스 안에서 스피커폰으로 전화를 하는 게 신경이 쓰였는지 태훈이 아빠가 이렇게 말하는 게 아닌가!

"태훈아, 버스에서 내렸을 때 전화해."

나는 심장이 덜컥 내려앉는 줄 알았다. 이렇게 말하면 태훈이가 아빠와 통화를 하고 싶을 때 타고 가던 버스에서 내릴 수도 있기 때문이다.

태훈이는 융통성이 없다. 그래서 혼자 먼저 집으로 돌려보낼 때도 집에 가서 해야 할 일들에 대해, '이런 경우엔 이렇게, 저런 경우엔 저렇게'라는 식으로 이야기해서는 안 된다. '○○을 먼저 한 후에 □□을 하고'라는 식도 복잡해서 안 된다. 문장은 최대한 간략하게, 그리고 1, 2, 3... 식으로 순서를 매겨 일러 주어야 한다.

남편에게 다시 이야기를 해 주었다.

"태훈이한테 전화가 왔을 때 전화를 받을 수 없는 상황이면 전화를 받지 않는 편이 태훈이에게 더 안전해요."

아들의 품속에 안긴 아빠.

아들은 커져가고 부모는 작아지고…

우리 집 강아지

태훈아!

엄마가 태훈이 보고 왜 강아지라고 그래?

이뻐서~어

귀여워서~어

태훈이에게 결혼이란

태훈아, 결혼이 뭐야?

음 결혼은 사귈 수 있다.

태훈이는 누구랑 결혼하고 싶어?

유지민 하고 결혼하고 싶다.

결혼하면 누구랑 살아야 해?

엄마랑.

태훈이는 결혼식 하고 싶어.

양복 입고 싶어서 그래?

태훈이는 넥타이 매고 신랑하고 싶다고. 착해서~

씻고 면도도 해야 하는데, 씻지 않으려 할 때

태훈이를 일으키는 말이 있다.

"태훈아, 유지민이는 깔끔한 남자를 좋아한대."

"유지민은 깔끔한 남자 좋아하지~"

벌떡 일어나서 씻으러 간다.

결혼을 하고 싶은 태훈이의 행복한 달력 색칠!

색칠을 하노라면 엉덩이가 승천한다.

거짓말

태훈이에게 전화를 걸었더니 아직 학교에 있다고 해서, ○○○ 까페로 오라고 했다. 얼마 후 다시 전화를 했더니 버스를 기다리고 있는 것 같았다. 몇 분이 지나 전화를 하니 버스 안인 듯해서 현재 위치를 물었다.

"태훈아, 이번 정류장은?"

"부평역입니다."

조금 있다가 다시 전화를 해서 한 번 더 ○○○ 까페로 오라고 일렀다.

"태훈아, 이번 정류장은 어디야?"

"부평대로 우체국입니다."

올 시간이 지났는데도 오지 않길래 전화를 걸어서 어디냐고 물으니 글쎄, 집에서 밥을 먹고 있단다. 까페로 오라는 말에 그렇게 네네 하더니… 이제 내게 사기를 친다.

누가 보면 독서하는 줄…

의도하지 않은 속임수

소중한 인연

태훈이가 어린 시절에는, 교회를 가도 눈치가 보였다. 예배 중에는 태훈이를 항상 등에 업고 예배를 드려야 했다. 잠깐이라도 등에서 내려놓으면, 태훈이는 설교하는 목사님 앞으로 전력 질주를 했다. 주변 어른들은 놀라셨고, 놀란 만큼 나무람이 이어졌다. 그런 날이면, 저녁예배를 드리고 집으로 돌아오는 길에 어린 태훈이를 업고 얼마나 울었는지 모른다. 설움에 북받쳐 쏟아지는 눈물은 고장 난 수도꼭지에서 떨어지는 물처럼 좀처럼 멈추지 않았다. 교회는 대로변에 있어서 울면서 오기에 티도 안 나고 좋았다.

어느 날, 새로 오신 구역장님 집에서 예배를 드리게 되었다. 나는 먼저 구역 식구 중에 아기가 있는지 물었다. 아기들만 보면 아기 손을 꽉 잡아서 울리는 태훈이 때문이었다. 어린아이가 있다는 말에 나는 마음의 준비를 단단히 하고 구역예배에 참석했다.

"저 신경 쓰지 마시고 예배드리세요."

미리 말씀을 드리고 태훈이를 보는 것에 힘을 쏟고 있었는데, 그런 나를 마음 아파하시며 구역장님은 당신이 태훈이를 등에 업고 예배를 드리셨다.

하루에도 몇 번씩 떼를 부리는 태훈이가 버겁고, 그런 하루하루가 끝이 보이지 않아 힘들어하는 나를, 구역장님은 늘 옆에서 보살펴 주셨다. 우리 집에

오서서 내 푸념과 눈물을 다 받아 주시고, 태훈이가 잠들 때까지 기다리셨다가 잠이 든 것을 보고 집으로 가시는 날이 많았다. 당시 구역장님 사정은 좋지 않았다. 태훈이와 내가 그 집에 가서 밥을 먹고 오는 것조차 미안한 일일 만큼 힘든 상황이었는데, 그럼에도 불구하고 염치없는 우리 모자를 한결같이 따뜻하게 대해 주셨다. 함께 겪은 일이 참 많고, 그때마다 나와 태훈이는 넘치는 사랑과 이해를 받았다.

그러다 보니 어느새 태훈이와 내가 그분을 너무 많이 의지하고 있었다. 예배를 드리러 갔는데 구역장님 가족이 한 사람도 없으면 태훈이는 더 떼를 쓰며 그 집에 가자고 성화였다. 그런 태훈이를 달래는 나조차도 그분들이 안 보이면 불안했으니…. 이래선 안 되겠다 싶어 태훈이가 떼를 부려도 혼자서 감당하겠다고 굳게 마음을 먹었다.

우리는 치료실 근처로 이사를 갔다. 그동안 치료실을 가는 날은 갈 때 두 번, 올 때 두 번 버스를 갈아타야 했는데, 교복을 입은 학생들이 있으면 태훈이가 버스를 타지 않으려고 해서 애를 먹었었다. 또 장애를 가진 아이들에게 일대일로 교사가 붙어서 예배를 드리는 교회가 치료실 근처에 있었다. 이사는 여러 모로 우리에게 필요한 일이었다. 새로운 환경에서 적응하기 위해 태훈이와 나는 부단히 노력했다.

우리가 이사 온 후에 구역장님(지금은 전도사님이 되셨다)도 우리가 사는 곳 근처로 이사를 오셨다. 구역장님은 종종 우리 모자를 집으로 초대해 주셨고, 구역장님의 새로운 보금자리에서도 태훈이의 저지레는 이어졌다.

하루는 그 집에서 잘못된 행동을 한 태훈이를 훈계하고 있었는데, 순순히 말을 들을 리 없는 태훈이가 그 집에 있는 도자기를 던져서 깨뜨리고 말았다. 그분들은 태훈이를 혼내지 말라고 하시며, 죄송한 마음에 몸 둘 바 모르는 나를 도리어 위로하셨다. 늘 이런 식이었다.

올해 태훈이는 전공과 2학년, 스물두 살 청년이 됐다. 이제 제법 말이 통하고, 스스로 할 수 있는 일들이 늘었으며, 기다릴 줄도 안다.

태훈이의 과거를 알고 계신 구역장님 부부는 그런 태훈이를 보며 이렇게 말씀하시곤 한다.

"태훈아, 너 용 됐다."

혼자 이 길을 걸어왔다면, 내게 주어진 길이기에 꾸역꾸역 걷기는 했겠지만 무척 외로웠을 것이다. 지난 걸음을 돌아보면 늘 좋은 사람들이 곁에 있었다. 그들은 내 무거운 마음을 귀와 마음으로 들어주고, 기꺼이 나와 함께 길을 걸어 주었다. 그들의 도움이 있었기에 아이를 키울 수 있었고, 지금의 자리에 올 수 있었고, 무엇보다 내가 살 수 있었다. 고맙고 감사하다.

고마워, 사랑해

지난겨울, 태훈이는 역사적인 날을 맞았다. 미루고 미루었던 고래를 잡은 것이다. 겨울방학 동안에는 어떻게든 치러야지 했던 숙제 같은 일이었다.

병원에 미리 가 있을 요량으로 택시를 탔다. 행선지를 말하고 핸드폰에 저장해 둔 명함 사진을 찾는 동안 기사님의 고래잡이 스토리가 이어졌다. 생각보다 일찍 도착해 병원 입구에서 점심시간이 끝나기를 기다리고 있는데, 간호사가 어떻게 왔냐고 묻는다. 포경수술이라고 하니 4층으로 올라가란다. '외과'라는 표기만 보고 정형외과에서 기다리고 있었던 것이다. 내가 잔뜩 긴장한 탓이었다.

수술을 맡으신 선생님과 상담을 한 후, 선생님께 말씀드렸다.

"선생님, 우리 아들 장가보낼 거니까 예쁘게 수술해 주세요."

"아이고 네네, 그럼요."

마취약을 바르고 1시간을 기다렸다. 태훈이도 긴장했는지 "다 받는 거야. ○○이가 좋아해" 하면서 스스로의 말로 긴장을 풀고 있었다. 태훈이가 영 미덥지 않아서 수술실에 같이 들어가면 안 되는지 물었지만, 역시나 안 된다는 답이 돌아왔다.

수술을 마치고 나온 태훈이의 모습은 의외로 의젓했다. 나는 태훈이의 전적이 떠올라 태훈이가 병원문 밖으로 나가자마자 대자로 누워서 "아파 죽겠다!" 하며 울면 어쩌나 걱정했는데, 그런 모습은커녕 그럴 낌새조차 없었다. 태훈이가 많이 컸구나 싶어 새삼 뭉클하고 감사했다.

이 수술을 시키지 않으려던 내가 태훈이를 병원으로 데려갔던 건, 화장실 사용 때문이었다. 태훈이가 소변을 보면 소변이 사방으로 튀었다. 평생 나와 살 수 없을 텐데, 훗날 다른 사람의 보살핌을 받아야 할 때 이 문제 때문에 태훈이가 구박받을 생각을 하니 안 되겠다 싶었다.

수술 다음 날, 외출했다가 집으로 들어가는 길에 태훈이가 좋아하는 팝(닭고기를 팝콘 크기로 튀긴 것)과 순대를 샀다. 식탁 위에 음식을 두고 침대에 누워 있는 태훈이를 불렀다.

"태훈아, 이리 와 봐."

"이리 와 봤어요."

이 사랑스럽고 귀여운 말에 나는 또 웃는다.

"깜짝 선물이야. 맛있게 먹어."

얼굴에 미소가 그득그득, 얼굴에 기름이 번들번들하다.

"닭계장하고 흰밥 주세요. 수탉이에요?"

"수탉 맛이 나니?!"

이 행복을 모르던 때가 있었다. 우리는 무지무지 싸웠고, 그래서 나는 슬펐고, 괴로웠다. 내게 이런 아이가 있는 게 싫고 싫었다. 왜 하필 이런 아픈 아이가 내게 왔을까. 물건이라면 진작에 반품하거나 버렸을지도 모른다.

그런데 만약 자식이라도 반납이나 버리는 게 가능해 내가 그렇게 했다면, 그 뒤에 숨겨진 귀하고 값진 선물을 나는 끝내 발견하지 못했으리라. 이제는 안다. 태훈이가 왜 내게 선물인지.

태훈이는 엄마가 못생겨서 싫다고, 대학 안 보내 줘서 밉다고, 힘들어서 못 살겠다고 말한 적이 없다.

태훈아, 너는 나를 미소 짓게 하는 존재야.

우리 함께 잘 살아보자.

고마워! 그리고 사랑해!

가위바위보를 좋아하는
스물두 살 태훈이

초판 1쇄 인쇄 2018년 5월 9일
초판 1쇄 발행 2018년 5월 14일

글·그림 박상미
펴낸이 홍지애
펴낸곳 꿈꾸는인생
주소 서울 마포구 월드컵북로 400 2층
전화 070-4046-2371
팩스 02-6008-4874
이메일 lifewithdream@naver.com

ⓒ 꿈꾸는인생, 2018

ISBN 979-11-963806-0-1(03810)

이 도서의 국립중앙도서관 출판예정도서목록(CIP)은 서지정보유통지원시스템 홈페이지(http://seoji.nl.go.kr)와
국가자료공동목록시스템(http://www.nl.go.kr/kolisnet)에서 이용하실 수 있습니다. (CIP제어번호 : CIP2018013689)